KB053565

삶이 힘들다고
　불행한 것은 아닙니다

삶이 힘들다고 불행한 것은 아닙니다

한봉운 세 번째 시집

정출판

남을 아프게 한 일 없다면
잘 살아온 것입니다
남을 아프게 했어도
상처를 보듬고 치유해 주었다면
잘 살아온 것입니다
나는 어디쯤에 있는지 돌이켜 봅니다

한세상 살아보니 모든 것이 마음 나름이었습니다

나를 스쳐간 많은 인연들
특별히 미워하지도 않았고 사랑하지도 않았던
사연들까지도
갈수록 희미해지는 형상들과는 달리
흐른 세월만큼이나 짙어지는 연민의 정
지나간 일은 언제나 아름답습니다

나이 듦이 무엇인가
미움도 그리움도 사랑도 모두 파스텔톤으로

채색하여
느끼고 싶은 대로 느끼는 게 아닌가요

어렵고 힘들었던 때도 순간순간 행복을 느꼈듯
평생을 두고 행복했던 일만을
기억하겠습니다

행복한 마음으로 세 번째 시집을 냅니다
늘 가까이서 지켜봐 주시던 분들께 감사드리며
많은 분들이 나의 어설픈 족적에
공감을 느끼시고 사랑해 주시기를 간절히 바랍니다.

2019년 1월 31일
안성의 조그만 둥지에서
석천 한 봉 운

차 례

II. 철이 없는 요지경

Ⅲ. 내 마음에도 비가 내린다

Ⅳ. 나는 들꽃

V. 옥류玉流 위에 그 모습 비칠 때

Ⅰ. 봄은 늘 거기 있지 않든가

봄의 향기

언제나
동구 밖 언덕을 넘어서 오는
내 님은
향긋한 냄새로 왔습니다

봄이면 으레
라일락 향기를 앞세워 오던
내 님은
겨우내 너무나도 긴 겨우내
애태우게 하고서는
봄의 끝자락에서야
살랑대는 바람으로 왔습니다

오랜 그리움 끝에 오는
사랑하는 당신
라일락이 피기도 전에
동구 밖에 나가 기다립니다

봄이 오는 소리

환풍기 구멍에다 둥지 틀어
알 까고 새끼 키우던
곤줄박이

겨우내 어디 가고 안 보이더니
예쁘게 자란 새끼들 품고
잔설 날리는 마당으로 와
나를 부른다
쨋쨋 쨋 쨋쨋

봄은 늘 거기 있지 않든가

겨울의 끝자락
눈이 내린다

쌓인 눈 아래
마른 잎 사이로는
노랑 병아리처럼 떨고 있는
어린 초록의 작은 얼굴들

봄은 아직도 먼듯한데
언 땅을 깨고 나와
활짝 웃는 꽃
노루귀

머뭇거릴 새도 없이
늘 거기쯤 있는 봄
재촉해 이 마음
바쁘게 할 건 무엇인가

햇살

창가에 앉아
봄날 같은 햇살을 받는다
건너 산 산허리엔
잔설이 남아 있는데
따뜻한 햇살이 오히려
나른하다

온몸을 감싸 안고 그는
사랑하는 여인처럼
감미롭다

모든 것이 고마움이란 걸 모르고 살아온 사람처럼
혼자 즐겨도 되는 것인가
이 따스한 햇살을

산수유 꽃그늘 아래

산수유 마을에
앞니 빠진 할아버지의 웃음이
평화롭다

땅 좋고 바람 좋고
사람 좋다는 이 마을
산수유 꽃그늘 아래
붓이랑 화판은
아무렇게나 젖혀두고

애 낳을 이 하나도 없다는 말
애잔한 바람으로 맞장구치면서
앞니 빠진 할아버지가 권하는
막걸리 두어 잔에
나른한 봄 햇살이 기운다

봄빛이 완연한데

봄의 길목 어느 날
시골로 향하는 지하철 하행선에서

봄처럼 화사한 젊은
연인들 사이
긴 털 부츠와 코트에
등산용 가방을 멘 한 여인이
생뚱맞게 앉아 있다

사력을 다하듯
힘주어 감은 눈
꽉 다문 입 언저리엔
설악산 계곡보다 더 깊은 골이 패어 있다

태어난 순간부터 지금까지
저리도 처연하게 연출하는 것이
현대를 살아가는
또 하나의 모습인가

이른 봄

바람 한 점 없이 고요한 아침이다
햇빛은 밝게 빛나
우수를 지난 절기답게
봄의 문턱임을 느끼기에 충분하다

겨우내 쌓여 있던 낙엽을 들추니
상사화 수선화 매발톱 복수초가
빠끔이 나와 수줍음 떤다

그들이 나를 위한 한 해를 시작하기에
새싹들의 하늘을 위하여
쌓인 낙엽을 긁어모아 태운다
하늘로 올라가는 연기가 한가롭다

3월이 오면

해마다 님은
라일락꽃 향기를 앞세워
봄의 끝자락에나 오건만
앞산 진달래도
이제 막 화장을 준비하고 있는데
겨우내 키워온 새파란 그리움이
벌써부터 덩달아
가슴 태운다

세월

(1)
강물은 그 반짝이는 만큼
재빠르게 흐릅니다

세월은 바람 같아서
한 오큼 잡아도 빈손일 뿐
가로막고 서 있어도 어느새 저만큼
빗겨갑니다

그래
그렇게 빗겨만 가라
나는 같이 갈 수 없으니

(2)
유수 같던 세월이
이젠 쏜살같이 흘러갑니다
바람도 바람 나름이지
우주시대에 걸맞게 속도를 내는구나

구름 같은 인생도
따라서 흐릅니다

한여름

햇볕은 마당 가득
도형처럼 날카로운 그림자 위에서 조차 졸고
느티나무 잎이 살랑이는
정오쯤인가

조금은 애절한 여가수의
샹송이 흐르는 흔들의자에 앉아
새삼 고독하다고 느껴지는 것은
웬일인가

흰머리 성근 바닥으로 흐르는
땀줄기만큼이나 깊은
감상의 골
도형의 가장자리를 맴도는 햇볕만큼이나
나른하다

새해 아침

(1)
오늘 아침에는
찬란한 빛으로 떠오르는 태양을 보았습니다
이 아침 이렇듯 찬란한 빛은
한 해 동안 비추어 줄
나눔과 희망의 빛일 것입니다

(2)
세월의 한 흐름에 불과할지 모르지만
새해 아침에 뜨는 해는
특별한 의미가 있습니다
잘 살아온 삶의 확인이고
또 한 번 얻어지는 삶의 지표입니다

새로운 날

바람이던가
갈대밭을 지나 서걱이던 시간들이
다른 세상을 맞이하듯
단장을 합니다

언제나 같은 날을 살아가는
가련함 속에 바람은
향기를 심습니다 그리고

이마에 깊이 파인 골짜기를 스치는
순간순간의 시간 사이로
상처를 비집고
새살 돋아나듯
언제나처럼 오늘도
새로워집니다

오랜 상처

백마고지행 열차에서
백마고지 기념탑 앞에 서서
장렬한 죽음 앞에
경건한 묵념을 하다

고지를 바라보는 늙은이의 가슴에
치떠오르는 이 뜨거움은 무엇인가
아직도 식지 않은 분노와 연민
나라를 위해 산화한
젊은 영혼에 대한 애정이다

II. 철이 없는 요지경

귀향길 2

하필이면
비가 옵니다
3일씩이나 비가 오더니
또 3일간이나 눈이 와서 쌓였습니다
이번 설에는 고향에 갈 수 없을 줄 알았습니다

섣달 그믐날
질척한 구름 걷히고
햇빛이 젖은 땅을 말려 주었습니다

고맙게도 하늘은
늘 그렇게
우리 편이 되어 주었습니다

장마의 긴 터널

비는
숨도 돌리지 않고
계속 내립니다
누군가 용서받을 수 없는
잘못을 저질렀는지도 모릅니다
그게 내 주변일 수도 있고
나일 수 있을 것 같기도 합니다
비는 마치
죄인을 단죄하듯 몰아칩니다

파헤쳐진 산골짜기에서는
허연 뼈가 드러난 생채기로
아픔을 참지 못해 우르르 우르르 울고
거칠고 탁한 핏물은
마을을 파고들어
골목마다 행패를 부립니다

긴 장마의 터널은
끝내 무너져
뭇 사람들의 삶을 덮쳐버렸고
하늘이 갈라져 쏟아지는

장대비에
무슨 사연을 말하겠는가

천재라면 천재이고
인재라면 인재인 것을

(2011년 8월 우면산 산사태)

일상

마당 한켠에 있는 산수유나무 가지 사이에
새집 하나 있다
알을 품어 다섯 마리나 부화하고
쉴 틈 없이 먹이를 나르던 곤줄바기

다 자란 새끼들 모두 집 나가고
홀로 남아 빈집이나 지키는데
무슨 볼 일 있어
오늘 아침에도
습관처럼 집을 나선다

어느 날 밤에

마지막 남은 한 장의 달력이
빼꼼이 쳐다본다

알몸으로 혼자 남아 있는 그 모습이
내 모습 아닌가
오늘 따라 부엉이의 울음소리가
스산한 바람으로 스쳐가고
아무런 치장도 없는 시간이
두렵기만 하다

능소화

어젯밤 바람에
능소화의 큰 가지가 찢겨 나갔다
탐스런 꽃망울들을 가득 안고
나뒹굴어 있었다

아파할까 봐
긴 가지를 그대로 둔 것이
화근이었다

차라리 아픔을 참고
가지를 잘라줄 것을

찢겨나간 상처가
더욱 마음 아프다

철이 없는 요지경

날씨가 철없이 허둥대는 바람에
매화나무 가지 어린 꽃눈이
이러지도 저러지도 못해
눈치만 보고 있다

예년보다 봄이 빨리 왔다고도 하고
기상의 변덕일 뿐이라고 하기도 하지만
마당 한 귀퉁이 수선은
가운데 손가락 두 마디쯤 길게 고개를 뺀 채
갑자기 들이닥친 꽃샘추위 앞에
새파랗게 질려 있다

날씨는 날씨대로
싹들은 싹들대로 철없는 탓에
비닐을 씌웠다 벗겼다
갈피를 잡을 수 없는 올해도
골탕 먹는 건 나뿐인가
마늘 농사는 아마도 망칠 것 같다

12월이 오면

누군가 올드랭 사인을 메일로 보내왔습니다
색스폰이 가슴을 후벼 파듯 연주합니다
언제 들어도 구슬픈 스코트랜드 민요입니다
달력의 마지막장이 미안한 듯 고개를 내밉니다

오늘이 12월 첫날인데
영동지방에는 50cm가 넘는 눈이 쌓였습니다
아주 먼 옛날 고향의 추억이 눈 속에 묻혀
희미하게 파노라마처럼 아른거립니다
거기 내가 실루엣으로 서 있습니다

오랫동안 헤어져 있던 친구들이
생각나는 것은 웬일일까
그리움이 깊어져 슬픈 색으로
어디 사는지도 까마득한 친구에게까지
편지라도 쓰고 싶어집니다

2011년 여름

바람이 분다
장대비 한 아름 안고 있는 구름 너머로
바람 불어 온다

장대비는
푸른 숲과 계곡을 핥아
아랫동네에 토하고는
바람을 몰고 어디론가 가버렸다

무심한 바람이 분다
폐허가 된 마을 빈 골목을 지나
허 허 허 바람만 분다

(2011년 8월 우면산이 무너졌다)

그건 또다시 하늘의 몫인가

동이 트기도 전인데
밖이 너무 환하다
선잠으로 눈 비비며 창문을 열자
파도처럼 거세게 밀려드는
새하얀 빛

밤새 내린 눈이
세상을 그렇게 소리 없이
커다란 캔버스로 만들어 놓았다

모든 허물을 덮어버린 눈부신 캔버스
그 위에 나는
무슨 그림을 그릴까
무슨 그림을 그릴 수 있을까

그건 또다시 하늘의 몫인가
경외로움에 떨며 서둘러
창문을 닫아야만 했다

아직도 비어 있는 마흔두 계단

도솔암에 가면
산길을 돌아 한켠에
미륵불이 깊은 계곡을
내려다보고

하늘 맞닿을 듯 치솟은
미륵불 상투를 잡고
미륵보살의 정토가
매달리듯 자리하고 있다

그 곳에 이르는
한 계단 한 계단 오를 때마다
한 껍질씩 벗으라는데

도솔천 내원궁으로 통하는
백오십 계단은
백팔번뇌 다 비운다 해도
아홉 가지 인연이 아득하기만 한데
아직도 비어 있는 마흔두 계단

떡국타령
-丁亥年 구정에 부쳐

어릴 적 한때는
한꺼번에 두세 그릇 먹고 싶어
설을 기다린 적이 있었습니다
청·장년기 한때는
떡국 먹기가 두렵기도 했습니다
나이 먹을 만큼 먹은 지금
그냥 주는 대로 먹고 있습니다
그것이 떡국인가 봅니다

새대가리

참새들이 극성이다
닭 모이를 줄 때면
떼로 몰려와 기다리고 있던
자기 밥상인 듯 염치도 좋다

모이도둑을 눈 감아 주는
마음씨 좋은 닭들도 미워진다

하는 수 없이
더 작은 그물로 닭장을 에워싸고
안심하고 있는 사이
몇 마리의 참새들이 침입했다가
순식간에 날아간다

들어온 길 어찌 찾아 나가는지

내가 이대로 지고 마는가
새대가리란 말이
헛말이었나 보다

비 오는 날

라디오에서 흘러나오는
문주란의 '백치 아다다'가
추적추적 내리는
빗소리에 섞여 흔들리는데
괜스레 눈물이 난다

구슬픈 저음에 실린
아다다의 환영 위에
겹쳐지는 나의 모습

비 내리는 하루가
그렇게 간다

구름을 보면 달이 가고

밤하늘 별을 찾다가
구름 속으로 자맥질하는 달을 보았다
구름을 보면 달이 가고
달을 보면 구름이 간다

산새들도 잠이든 소나무 숲
낮게 앉은 어슴푸레한 산사는
풍경조차 적적한데

무심히 서 있는 나는
시간의 공간에서 그네를 타고
구름 가듯 달 가듯
어디로 가고 있는가

언뜻 바람이 내 곁을 스쳐간다

조상님네들

조상님네들
어찌 이런 속담을 만들어 놓았나요
사촌이 땅 사면 배 아프다니요
사돈이라도 땅 사면 내일처럼 기쁜 일 아닌가요?
백짓장도 맞들면 낫다는데

그 속담 덕에 어떤 이들은
형제라도 잘 되는 꼴 못 본다네요
촌수가 가까울수록
함께란 말이 더 먼 이웃
지금 우리 사는 곳의 모습입니다

산 좋고 물 좋고
하늘 맑은 금수강산에
어찌 이런 속담이 이어져 왔는지

원님 덕에 나발 불고
툭하면 너 죽고 나 살자는 풍토병
흑백 논리가 거기서 오고
이기주의가, 분리주의가, 투쟁의 논리가
유치원에서부터 대입 수능

입사시험에까지 불어 닥치는
엄마들의 치맛바람
모두가 거기서 온 것 아닌가요?

삼천리강산에 가득한 불길한 기운
조상님네들
이제 그만 거두어 가소서
제발 거두어 가소서

기차는 어디로 가는가

시장 사람들이랑
보따리 장사들
우르르 몰려와
한참을 떠들썩하다가
썰물처럼 빠져나간
빈 열차는
산모롱이를 돌아
황혼의 어둠 속에 묻힌다

추억이 가득한
아스라한 철길
안개처럼 뽀얀 기억 속에

기차에게 모든 걸 맡긴 듯
기관사의 시선은 핸들을 빗겨
허공을 보고 있다

Ⅲ. 내 마음에도 비가 내린다

겨울비에 젖은 노래

언 땅 위로
부슬부슬 내리는 비는
무거운 커튼을 드리우듯
지면 아래로 지면 아래로 밀어 내리고

슬픈 목소리를 가진 여가수의
감상에 젖은 애잔한 노래를 들으며
비에 젖은 창밖을 바라봅니다

장작불에 구운 고구마 냄새처럼 익숙한
그리움이
빗속을 지나 저만큼에서
신기루처럼 흔들립니다

우정

마음은
멀리 동네 어귀를 빠져나가
고향으로 달려가는데
밤으로 흐르는 멜로디를 따라
주마등처럼 스쳐가는 모습

저음의 첼로 음을 타고 흐르는 감정의 끝은
늘 그러하듯
아스라이 떠오르는 옛 친구들

아카시아 동산에서 무슨 이야기들을
그렇게 했었는지
아슴푸레한 그리움으로
가슴에 남은 건
우정이었다

내 마음에도 비가 내린다

하루걸러 며칠씩이나 비가 내린다
장마도 지난 지 한참이 되었는데
시작된 비는 좀처럼 그치지 않고
오늘도 추적추적
그냥 그렇게 하루가 간다

힘겨운 듯 늘어진 나뭇가지에
들새 한 마리 비를 맞고 앉아 있다
비는 그의 등줄기를 타고 하염없이 흐르고
고개를 푹 숙인 채 들새는 꼼짝하지 않는다

바람이라도 한 줄금 불어주면 좋을 텐데
적막한 바람은
어느 구석에 틀어박혀
들새처럼 비를 맞고 있는지

창밖을 서성이는 내 마음에도
비가 내린다

기다립니다

어디쯤 왔을까요
꽃이 피면
꽃바람 타고 온다던

신록이 우거진 솔숲 사이로
상큼하게 올 수도 있었건만

단풍이 너무 고와
길을 헤매고 있나요

스산한 바람 불어 낙엽 흩어지는데
슬픔인 듯 싸아한 가슴 쓸어내리며
기다립니다
아직도

제주의 밤

안개 낀 제주도의 밤
가로등은 꿈꾸고 있다
어슴푸레한 어둠으로 흠뻑 젖어
아스라이 먼 추억처럼 졸고 있는
희미한 형상들

아
내 어릴 적
할머니 등에서 느껴보던
고향의 풍경이려니

포근하게 내려앉은 잔이슬
슬픔처럼 잔잔한 그리움이
안개 속 실루엣으로 흔들리고
꿈꾸는 가로등 언저리에서
제주의 밤은 소리 없이 깊어간다

비는 부슬부슬 오고

비는 부슬부슬 오고
창가에 놓인 테이블에 앉아
마당에 동그랗게 부서지는 빗방울 소리를
듣고 있다

테이블 위에는 막걸리잔 한 개
안주로는 된장과 통오이, 아삭이고추 몇 개
장식이라면 마당에 핀
장미꽃 몇 송이와 흐드러진 야생화
그리고 가냘프게 흐르는 세미클래식 한 곡

분위기 있는 행복이라고 해야 할지
위로 받을 수 없는 외로움이라고 해야 할지

친구에게 전화를 걸어
특별할 것도 없는 대화 몇 마디 나누고
막걸리 한잔
전화를 받아줄만한 또 다른 친구 생각하며
빈 잔에 술을 따른다

야단법석

이른 아침
하늘빛을 닮은 한 떼의 물까치가
마당에 몰려와
한 판을 놀고 있다

혼신의 신명을 다하는
저 소리와
저 춤사위

나를 위하는 마음들이
어찌 저 물까치들뿐이겠는가
나 여기 있다는 것만으로도
이렇듯 행복한데

이른 아침
수십의 물까치들이 마당에 몰려와
야단법석을 하고 있다

병실의 풍경

같은 병실 환우 중
80 중반의 노인이
전립선암으로 방사선치료를 받고 있습니다
휠체어를 타고 다닙니다

허리가 바짝 굽은 역시 80 중반의 노부인이
밤새워 간호하며
휠체어를 밀고 다닙니다

아들 둘에 딸 하나 있기는 하지만
자기 자식들 챙기느라
문병도 못 온답니다
담담하게 노부인이 말합니다

투정 한마디 없이 허리 굽은 노부인은
벌써 며칠째 힘겹게
힘겹게
휠체어를 밀고 있습니다

언제나 열려 있던 사립문

어릴 적 내 살던 고향
우리 집에는
싸리나무와 대나무로 엮은
사립문이 있었다
그게 우리 집 대문이었다

아이들 소리
된장 냄새
토방에 깔린 따스한 햇볕
시원한 바람까지도
무엇 하나 걸러지지 않던
열지 않아도 열려 있던 사립문

옛날 그 집이
그립다
그런 집이
그립다

짝사랑이었던가

그대의 눈을 보면
온몸이
그대의 눈 속으로 잠깁니다
평생을 두고 연모해 온 애정이
솟구쳐 올라옵니다

어리고 맑은 그 많은 눈동자에서
성취와 보람과
소명을 쌓던 한평생이
짝사랑이었나 봅니다

한 발자국도 곁을
떠나지 않았고
떠나려 하지 않았고
떠날 수도 없었던
그대

세월이 이제
우리를 헤어지라 하고
나는 그것을 거역할 수가 없습니다

어차피 우리의 삶이
짝사랑인 것을
연모의 정을 놓아둔 채
떠나야 합니다

(정년퇴임사 중에서)

막걸리 두어 잔

별다른 생각도
별다른 의미도 없다
그냥
막걸리 두어 잔 마시고
낮잠을 청한다

온몸이 공중에서 분해되는 것처럼
증류수의 맛이 난다
어찌 보면 야릇한 향기가 있는 것 같기도 하고

마지막 잠도 그렇게
청할 수 있는 것이라면
그렇게 될 수만 있다면
간절한 바램

주홍빛 노을

바다가 보이는 언덕에
그대와 나란히 앉아
수평선 너머로 흡입되는 주홍빛 노을을 바라봅니다

잔잔한 파도를 타고
노을은 꿈결처럼 흔들립니다

주홍빛 하늘은 어느새
어두움을 머금고
반짝이는 별들을 하나 둘씩 소리 없이 심습니다

고요한 가운데 춤추듯 흐르는 멜로디가
풍선이 되어 날아가는 솜사탕처럼
가슴을 아리게 합니다

서로의 눈 속에서 반짝이는 별들을 들여다보면
잔잔한 행복이
별빛으로 와 가슴을 채웁니다

차 한잔 마시고 싶다

가냘픈 음악이 흐르는 찻집에서
빈 찻잔을 사이에 두고
시간 가는 줄 모르던
파란 얘기들

주홍의 찬란한 하늘 아래
상큼한 저녁 바람으로 행복하던
주홍빛 시간들

햇빛에 흩어지는 작은 물방울처럼
하얗게 부서져 내리는
오늘

더도 말고
진실한 친구 하나쯤 마주 앉아
차 한잔 마시고 싶다

가을이 오면

가을이 오면
풋풋한 바람 사이로
그리움이 솟는다

산허리에 매달린 구름 뒤로 숨어
붉게 태우던 석양의 고운 빛깔
수줍게 가슴 태우던
사랑이었던가

책갈피에 곱게 접어 넣던
빨간 단풍잎을 닮아
붉은 뺨을 타고 흐르던 바람이
주고 간 그리움

가을이 오면 다시
그대가 그립다

지하철에서

노오란 재킷을 입은 한 여자는
갈색 가방 위에 노트를 올려놓고
긴 머리에 어울리는 미소를 지으며
친구의 이야기를 듣는다

짧은 머리 여인은
검은 가방을 껴안은 채
쉬임없이 소곤소곤 속삭인다

심각한 이야기는 아닌듯한데
진지하고 평온함이
무표정한 휴대폰의 침묵 속에
들꽃처럼 신선하다

무제

언제부턴가 우리는
말을 잊었다
외톨이가 된 휴대전화
그리고 나

행여 기다림으로
손 안에 꼭 쥐고 있건만
오늘 하루도
한마디 말이 없다

지하철 풍경

죽은 나뭇가지를 모아다가
불을 피우고
전어를 구어 먹고 돌아오는 길
지하철 열차 안에서

옷에 밴 연기 냄새가 미안해서
고개 숙인 내 앞에
카키색 바바리의 두 여인이 섰다

근엄하고 심각한 표정으로 연신
무슨 말인가를 하고
다른 한 여인은
계속해서 웃으며 듣는다

웃음 가득한 그 얼굴과
심각한 표정의 그 얼굴이
교묘히 조화되는 지하철

내 옆에서는
보라색 점퍼를 입은 여인이
아까부터 졸고 있다

나무 태운 연기에 취한 것인가
고단한 하루가 무거운가

세월을 태우는 불꽃

먼 옛날
찬바람 술술 들어오는 교실에서
고사리 같은 어린 손으로 주워 온 솔방울이기에
아끼고 아껴서 태워도
따뜻하기만 했던 기억이

목과 허리가 잘록한
옛날 난로를
시골집에 설치하고
썩은 나무토막을 주워다가 태운다

늙고 병들어 쓰러진 나무토막이지만
관심 밖으로 버려진 것들이지만
골동품 속을 가득 채운 불꽃

뽀송뽀송한 따스함으로
세월을 태운다

기도

함박눈이 포근히 내리는 날엔
친구가 옆에 있어주기를 기도합니다
함박눈이 포근히 쌓이는 밤에는
사랑하는 사람과 함께 하기를 기도합니다

따뜻한 말로
달콤한 말로
서로의 마음을 나누고

모든 사람들이
외롭지 않고
평화 속에 행복하기를

그리고
그 속에 내가 있었으면 좋겠습니다

아직은 이대로이고 싶다

병실의 TV를 통해 흐르는 음악을 듣고
눈물이 나는 것은 무슨 일이지?
마치 내가 떠나야 하는 것처럼

Time to say goodbye
멜로디가 감상적이어서 그랬을까
내 몸이 견디기 힘들어서 그랬을까

헤어짐은 그 어떤 것이라도
받아들일 수 없음에
아내의 얼굴이 자꾸만
떠오른다

아름다운 헤어짐도 있는 것인가
사랑하는 모든 것들
주변의 사람들과 시와 그림들과
그 밖의 모든 것들과
멜로디의 흐름처럼 가벼웁게
헤어질 수 있을는지

흘러간 세월이

고무풍선처럼 가벼워져서
한 점의 순간으로 사라진다 해도
용납되지 않을 그 순간

아직은 그냥
이대로이고 싶다

마음은

때때로 그는
나로부터 이탈하여 허공을 헤맬 때가 있다
허무맹랑하게도 이상한 꿈을 꾸기도 하고
그 꿈을 위하여 한 몸을 바치라고도 한다

나뭇가지에 매달린 이름 모를 새둥지는
온기가 식어
남아 있는 새끼 새 한 마리도 없는데
그는 아직도
새끼 새의 비상을 못 본 것이
원통하기라도 한 것처럼
둥지 곁을 맴돈다

굶주렸던 송아지는
어미 소의 풍만한 젖통을 기억하지 못한다
배불리 먹어도 늘 허전하고 게걸스럽다
그리하여 그 송아지의 송아지는 또
쓰디 쓴 젖을 빨아야 한다

아! 어젯밤에는 무슨 일이 있었던가
친구에게 외롭다고 했던가

사랑이 고프다고 했던가
모두를 사랑하고 싶다고 했던가

친구 대답이
행복에 겨운 넋두리라 일갈했던가

그렇겠지 그랬겠지
하지만 그는 왜 위안 받고 싶어 했는지

다음날 아침
그는 숙취에서 깨어나질 못했다

까닭 없는 눈물

수산시장에 가서 횟거리로
싱싱한 숭어 한 마리를 사왔다

회 한 접시를 만들어
상을 차리고는
혼자서 막걸리 잔을 마주하고 있다

건성으로 떠들고 있던
텔레비전에서는
평창 동계 스페셜올림픽 폐막식이 진행되고 있었다
지적장애인 겨울 스포츠란다

장애인 여나문 명이 무대에 나와
벨 연주를 시작했다
청량한 벨 소리에 눈물이 났다
눈물이 멎지를 않아
애꿎은 막걸리 잔만 홀짝인다

식장에 가득 찬 장애인 선수들은
게스트들의 그럴듯한 연설에
기립 박수를 보내고

나는
까닭을 모른 채 눈물이 난다
자꾸만 자꾸만

장암역

도봉산 만장봉이 어둠에 묻힐 즈음
장암역을 출발한 지하철 객실은
나른한 하루의 표정이다

하나같이 스마트 폰에 심취한 젊은이들 틈 사이
고단한 하루가 무거운 저 중년 여인은
젊은 무표정보다 그래도 훨씬 순수함이다

많은 사람들의 다양한 표정이
인생의 파란을 보여주지만
무심한 저 표정들 속의 나는
누구인가

중년 여인이 일어선다
다음 정거장에서 그녀는 내릴 것이다
나는
다시는 볼 수 없는 그 여인을 소리 없이 배웅한다
아무런 인연도 없이

그게 만남과 이별 아닌가
수식도 없고 절차도 없이
인생은 왔다가 간다

외로운 시인

갤러리들의 문이 닫히고
관광객들마저 썰물처럼 빠져나간
인사동 네거리에
한 시인이 홀로 서 있다

어디선가 불어오는 스산한 바람
가슴 시리도록 차갑다
빛도 어둠도 없이 방황하는 사람처럼
생각 없이 떠돌던 시인

처량하게 늘어뜨린 어깨보다
무거운 게 있다면
아! 시리도록 외로운
인사동 네거리

방앗간

동네마다 방앗간이 있었다
물레방아나 디딜방아가 아니라도
정겨운 마당이었고
풍요의 상징이었다

녹슨 함석으로 대충 가린 것 같은
지붕위에 우뚝 솟은 환기구
퉁퉁퉁 하고 돌아가는 원동기 소리
뽀얗게 먼지를 뒤집어쓴 주인아저씨의
평화로운 웃음
동네 참새들도 그냥 지나치지 않았다

원터치 소형 정미기가
집집마다 보급되면서
그런 방앗간이 사라졌다

방앗간도 없고
사랑방도 없는 동네에는
이제 훈훈하던 정도 머물 수 없는가
내 어릴 적 추억이 깃든 곳
참새들도 그냥 지나쳐 간다

Ⅳ. 나는 들꽃

무슨 좋은 일 있으려나

오늘은 무슨 좋은 일 있으려나보다
한 떼의 물까치가 마당에 몰려와
야단법석을 펴고 있다

귀엽고 까만 모자에
반짝이는 눈
파아란 날개와 꼬릿짓 춤사위

넓지도 않은 이 마당에
신명나게 놀아 부치는 물까치들의 군무 속에
파랗게 녹아드는 이 마음 어찌할까

어우러져 한판 춤이라도 추어야 할까
언제나 새로운 모습으로 다가오는
오늘도 하루
쨍하니 맑음이렸다

땡볕

내 어렸을 때
가마득히 펼쳐진 갯벌을 좋아했다
게도 잡고 맛살도 캐면서
한여름의 땡볕도
그저 친구가 될 뿐

갯골로 들어서서 망둥어를 낚기도 하고
오리새끼처럼 물장구치며
한낮을 보내면서도 땡볕은
오히려 친구였다

염전을 지나 집으로 가는 길엔
주인 몰래 *밀차를 끌어내
쏜살같이 밀고 나갈 때
온몸을 휘감던 그 시원한 바람
뜨거운 염판 위를 환호하던 천둥벌거숭이들

지금은
*오푼깡 *중선배도
돛대 위를 선회하던 갈매기도 보이지 않는
들판이 돼버린 가마득한 갯벌

땡볕 속을 신기루 같이
출렁이는 영상들 사이로
회한의 바람만 분다

* 밀차 : 간이철길 위에 수동으로 밀어 소금을 실어
        나르던 판만 있는 쇠바퀴 수레
* 오푼깡 : 서산시 덕지천리 앞 천수만 맨 안쪽 끝자
         락에 있던 어항.
* 중선배 : 연평도로 조기잡이 나가던 큰 돛단배

산새

산새들이 벌써 여러 차례
얼어붙은 수조에 앉았다가 날아간다
늘 하던 대로
머리를 조아리는 인사도 없이

햇볕 잘 드는 마당 한켠에
둥근 수조를 놓아 물을 채우고 수련을 심어 놓았었다
어느 날부터인가
까치며 딱새며 이름 모를 산새들까지도
한 모금씩 물을 마시고 갔다

근처에 큰 저수지도 있고
사철 흐르는 개울도 있건만
이 조그만 수조에 와서 물을 마시는
저들의 속마음을
알 듯도 하고 모를듯하기도 하다마는

내일부터는
아침 일찍 서둘러 수조의 얼음이나
깨뜨려놓아야겠다

언제나 빈손이지만

오월의
산 그림자를 안고 있는
호수에서
낚시를 던져 놓고
하루를 보낸다

봄바람 타고
투명한 물결 위로 비치는
잔잔한 설레임

어느덧 해는 서산에 기울고
얻은 것 없이
낚시를 걷는다

언제나 빈손이지만
비어있는 망태만큼이나
마음 가볍다

아주 먼 길을 떠날 때처럼

행복합니다

시인이어서 행복합니다
나에게나마
속내를 드러낼 수 있어
행복합니다

시를 쓸 수 있음에 감사합니다
마음 가는 속내를 진솔하게 말할 수 있음을
감사합니다

그리고
내 시를 읽어주는 사람 있어
더욱 행복합니다

연홍도 미술관

작은 섬 연홍도에는
그림 같은 미술관이 있습니다
그 곳에는 아주 커다란 그림이 있습니다

잔잔한 파도가 일렁이는
푸른 바다 저 편에
병풍처럼 서 있는 커다란 바위산
아침 햇살을 받아 금강처럼 반짝입니다

어선들이 올망졸망 모여 있는 어촌에는
빨강 파랑 지붕 몇 채가 고즈넉이 엎드려 있고
먼 바다 저쪽으로는
점 점 점 떠 있는 크고 작은 섬들
바다 내음 물씬 풍기는 커다란 그림

그림이 너무 커
미술관 앞뜰에 펼쳐 놓았습니다.

나는 들꽃

나는 들꽃
예쁘지도 않고 화려하지도 않은
들꽃이로다

바람에 실려
그냥 운명처럼 내려 앉아
싹터 뿌리 내리고 꽃을 피웠습니다

내세울 것도 없고
물려줄 것도 없이
아무도 찾지 않는 들꽃처럼
바람 바라기 해 바라기로 살았습니다

왜 왔는지
어떻게 가는지도 모릅니다
그냥 바람과 햇빛을 따라
잎새를 열어 꽃을 담았습니다

애처로운 루드베키아

루드베키아가 누워 있다
어젯밤 거센 바람이 때린 상처가
너무 아파 일어나지 못하고 있다

이 아침 태연하게
눈부신 햇빛을 받고 있는 바람

미운 마음 달래며
용서하고자 하는 마음
간절히 구하기는 한다마는

나는 네 상처가
너무 애처롭다

주소록

두툼하던 주소록이
점점 얇아지고 있습니다

주소가 하나 지워지면
추억이 하나 지워지고
전화번호가 지워지다 보면
애증도 사라집니다

한 개씩 한 개씩 지워지다
이름이 지워지고
지나온 과거도 지워집니다

얼마 남지 않은 주소록이
하얗게 지워질 때
나의 삶도 하얗게 지워지겠지요?

혼자이지만

사랑하는 사람들은
나름대로 자기 일이 바빠
도시를 떠나지 못하고

나 홀로
움막 같은 시골집에
버려진 듯 남아 있다

원두막에 나가
햇볕 받으며 외로운 듯
누워 있으면
지나던 바람 툭툭 스치고
박새 부부의 날갯짓
꽃잎 열리는 소리

한가로울 틈이 없다
진정 혼자일 수는 없다

상사화 꽃무릇

선운사에서 도솔암까지
숲길 가득
꽃무릇 피어 있다

촛대 위의 촛불처럼
밝고 신선하게
빨간 꽃

가냘픈 꽃대 위에 앉아
치맛자락 잡고
하늘을 향한 화려한 춤

짝사랑의 애틋한 연민들이
저리도 아름답게
춤을 추는가

양지 밝은 곳 모두 채우고
깊은 그늘
돌 틈에서까지
자리 잡은 슬픔들

미륵불 이마 위로
새 한 마리 날아간다

쌍계사 가는 길

벚꽃이 환하게 피었다
쌍계사 가는 길

꽃들은 터널을 이루고
산모퉁이를 돌아 또 한 구비
끝도 없이
향기로 이어간다

물 밑으로 가라앉는 무게처럼
꽃으로 녹는다
구름 위를 나는 깃털처럼
눈 코 입 가슴
온몸으로 받아 문신한다

벚꽃 만개한 쌍계사 가는 길
봄바람으로 더욱 부드러운
향으로 가득한 빛

나는 파도

양양 어디쯤인가
솔밭에 둘러싸인 해변에서
동해 바다의 파도를 본다

수평선 너머 어딘지 모를 그 곳으로부터
생겨났을 파도는
천둥 치듯 굉음과 함께
흰 거품을 물고 거칠게 밀려온다

저리도 숨 가쁘게 달려왔을 파도는
이제 생을 마무리해야 할 해변에 이르러
모래톱을 파고들 힘조차 없는 듯
해변을 서성이는 발밑에 엎드려
숨을 죽인다

방패연

높이 높이 더 높이
그렇게 높이 높이 떠올라
하늘을 우러러 가까이 가려 했다

그러다 언 듯
아래쪽에 시선이 가자 어지러웠다
정신이 없어 쳇머리가 흔들렸다
이러다가 곤두박질치는 건 아닌가
세상은 그렇게 어지러운거라 생각했다

세상에 내려와
스님처럼 티 없이 맑은
청아한 소리 한 가락에
목이 메이고 눈물이 났다

특별한 사이가 아니라도
목탁소리만큼이나 마음 나누며 살아가는 사람들
세상은 어차피 그런 곳인 게야

당신은 바람

바람입니다
당신은

당신이 내 곁에 있을 때도
향긋한 봄바람으로 설레게 했고

당신이 없을 땐
텅 빈 가슴에 찬바람으로 아렸습니다

내가 존재하고 있다는 것
당신으로부터 느낍니다
언제나 내 곁에서 살랑이는
바람

군산 옹고집

길 떠나 먼 길에서 만났네
5474 여행길
교정을 떠난지 54주년
세상구경 나온지 74년
고집스럽게 만나왔던 친구들
옹고집에서 잠시 만난
깊고 애잔한 추억
헤어질 때 뉘 남아
백년을 전할가

정주봉

마을 사람들 입으로 전해오다
동네 뒷산이 되어버린 이름
331미터 그 주봉에
이름을 붙여 주었다
'경수산 정주봉'
정성스럽게 쓴 표지판을
심어 놓았다

다시 찾은 이름 위로
진달래 활짝 웃고
산새들 덩달아 노래한다

도비산에 올라보니

부석사 뒷길 신우댓길을
꼬불꼬불 오르다 보면
사방이 확 트인 도비산 정상에 이른다

까마득히 내려다보이는 동쪽에는
어느 때는
아스라이 멀리 뻗은 갯골과 너른 갯뻘이거나
어느 때는
푸른 바다 천수만이 보이고

뒤돌아 서쪽을 보면
발아래 펼쳐진 부남호의 반짝이는 물결
황혼의 주홍빛 바다를 가르며
귀항하는 만선의 어선들

밀물에도 썰물에도
원효대사 흠모하여
지극정성 부석사만 바라보는 뜬돌 검은여

나 어렸을 때 정경이다
일출보다 일몰의 장엄함

주홍빛 하늘과 불타는 부남호의
물결을 좋아했지

황혼이 되어 다시 오른 도비산
동쪽 서쪽 모두
바둑판처럼 구획된 황금벌판으로 변하고
물 위에 떠있어야 할 검은여는
동그만히 뭍에 올라와 앉아…

잊고 산 세월이
이제 모든 걸 내려놓고
하산하라 하는구나

하늘은 언제나 맑았다

소나기가 한줄금 퍼붓고 나더니
하늘에 쌍무지개로 큰 원을 그렸습니다

먹구름 뒤에서도 하늘은
아름다운 색무지개를 준비하고 있었습니다

폭풍우가 한바탕 지나간 뒤에도
작열하는 태양이 지나간 자리에도
하늘은 늘 맑았습니다

뭉게구름 사이로 하늘이
파아란 손짓을 합니다

한평생 살아보니
힘들고 괴로웠던 일도
세월 가니 회색빛이거나 무지개빛이거나
황혼의 주홍빛 하늘처럼
아스라이 피어오르는 빛이었습니다

삶이 힘들다고
불행한 것은 아닙니다

하늘은 언제나 맑고
행복은 언제나 있었습니다

Ⅴ. 옥류玉流 위에 그 모습 비칠 때

베네치아의 곤돌라

카이젤 수염을 닮은
작은 배 곤돌라가
베네치아의 좁은 수로를
미끄러지듯 흐른다

여유로운 노꾼의 익살스런 눈빛을 받으며
마음을 물결위에 내려놓았다

먼 듯 가까운 듯
골목을 휘돌아 투영하는 음악은
데임즈강의 안개 속을 흐르는
헨델의 '수상음악' 못지않다

오케스트라 선단을 이끌고
여흥을 즐기던 영국의 왕 못지않거늘
흥분을 가라앉힐 수 없는 것은
안개 없이도
니무 너무 아름답다는 사실이다

끝과 시작의 한자리

유럽의 최서단이며
포르투갈의 땅끝 마을 까보다로카에서
대서양의 시작을 바라본다

하얀 등대는
언덕 위에 단아한 모습으로
과거에도 그랬듯이 오늘도 수평선을 바라보고 있다

삶의 때가 묻은 옷을
이 언덕에 벗어두고
알몸으로 떠났을 탐험가들
육신을 떠나는 영혼의 모습인가

떠나는 길이 돌아올 수 없는 길이 될 수 있음을
짐작이라도 했겠는가

하얀 등대를 향해 흔드는 손은
새로운 시작의 깃발이기에

현실과 미래의 경계에서
필요했던 것은 모험이었다

김제평야에서 만난 까마귀들

까마귀들이 난다
새까맣게 날아올라 춤을 춘다
김제평야를 다 덮을 듯이

한때 몸에 좋다 하여
사나워진 인심으로
우리 주변에서
사라진지 오랜 걸로 알았다만

오늘 어찌 저렇듯
광화문 광장의 축제 인파처럼
까마귀들이 축제를 벌이는가

넓은 들 만큼이나
인심 또한 넓은 게지
김제평야

옥류玉流 위에 그 모습 비칠 때

무이산에서
우직하고 당당한 모습에
내 몸이 한없이 작아 보입니다
어찌 보면
다소곳이 돌아서 있는듯
수줍기도 한 당신입니다

특별히 치장하지 않아도
싱그러운 초록의 옷 걸치고
옥류玉流 위에 그 모습 비칠 때

이미
당신은 강물이었습니다

대나무로 엮은 뗏목에 몸을 싣고
한 구비 돌고 또 한 구비 돌 때마다
당신과 강물은
한 폭의 그림이 됩니다

(중국 무이산에서)

110

몽골의 대초원에 서서

지구의 반대쪽까지도 보일 것 같은
투명한 하늘 그리고 끝없이 펼쳐진 초원
채반의 누에들 같이 꼬물대는
양떼와 살찐 소들의 한가로운 유영
초원을 가로질러 말 달리고
점점이 하얀 점으로 흩어져 있는 게르
몽골의 아름다운 풍경이다

황토빛에 더 가까운 초원엔
힘들고 각박한 애환 너머로
징기스칸이 살아 숨 쉬는 자존심으로
밝게 웃는 순수한 얼굴
지평선에서 마주치는 눈길이
청량하다

플라밍고

스페인 세비아에
플라밍고가 있었다

노랫말과는 아무런 상관없이
가슴 깊은 곳에서 공명하는 구성진 가락
애절한 율동에 실어
온몸으로 내뱉는 처절한 몸부림
슬픔과 절망을 숨 가쁘게 넘나드는
격렬한 춤사위와
춤추는 무희의 얼굴에
촛불의 잔영처럼 일렁이는 잔잔한 그림자

신명을 다 바치듯 작열하는 구둣장단에
몸은 부르르 떨고
온몸은 땀에 젖는구나

어제는 어떻고
오늘은 어떠하며
내일은 또 어떨 것인가

영혼을 토해
간절히 갈구하는 집시들의 저 몸짓에
구경꾼의 콧등이 시끈타

큰 산이로다

너무 높아 끝을 볼 수 없고
너무 깊어 시작을 알 수 없는
봉우리 넘어 봉우리
기라성 같은 첨봉
그 곁에 또 기암과 절벽
그대가 정녕 큰 산이로다

한복 입은 여인처럼
단아한 연화봉
만삭의 겨울달을 닮아
창백하면서도 도도한 천도봉

누구도 용납지 않을 것 만 같은
장엄한 위용
그 못지않은 포용의 넓은 가슴

봉마다 능선마다
하나 같이
천년송이 둥지를 틀고
학춤 추는 넉넉함이여

그대처럼 진정
큰 산이고 싶다

로마에 가다

수많은 관광객들이
눈 아래 펼쳐지는
고대 로마의 유적을 향해
카메라 셔터를 눌러대고 있다

이 순간을 위해
세계 각지에서
수만리를 달려온 사람들이다

거대한 기둥이
두 개씩 세 개씩 또는
혼자서 서 있고
저 멀리 우뚝 솟은 개선문

고목이 꽃을 피우기 위해
천년을 잠들어 있듯
오늘을 위해
이천년을 숨어 지낸 화려함

불영계곡

불영계곡 골골에 구름 걷히면
용트림 치는 물소리
천길 아래 가득한데

팔각정에 올라 시원한 바람 맞으니
신선이 따로 없네

늙은 소나무 몇 그루
자태를 뽐낸지 얼마인가
푸르름 그대로 계곡을 물들인다

스코트랜드 행

스코트랜드로 가는 길이다
숲 사이로 언뜻 언뜻 보이는
나지막한 구릉에
안개가 걷히면
소들과 양떼들 한가로이
풀을 뜯는 목장이 보인다

뭉게구름 사이로
파란 하늘이 보이고
열기구 한가로이 떠 있다

조용하고 포근한 잉글랜드

얼룩소가 풀을 뜯는
파란 목장 위로 비틀스의 음악이 흐르는
한가로운 양떼 목장을 지나
저 멀리 숲으로 만들어진 스카이라인을 보며
고속도로를 달린다

희뿌연 구름으로 가득 찬 하늘
이따금 구름사이를 비집고 나오는

밝은 빛과 파란 하늘은
차분히 가라앉은 시심을 건드린다

제주 비양도

제주 한림항에서 뱃길 십오 분
천년새 돌이 너무 예뻐
버리지 못하여 물고 날다
이곳에 내려놓은 천년섬 비양도

한 바퀴 돌아도 아쉬웁고
두 바퀴를 돌아도 아쉬웁다

천년새 아끼던 돌섬
어찌 이곳에 놓았을꼬

나 여기 온 것도 행운이고
여기 와 보말이야기 듣는 것 또한
행운이다

한봉운 세 번째 시집

삶이 힘들다고
불행한 것은 아닙니다

초판 인쇄 2019년 2월 18일
초판 발행 2019년 2월 28일

지은이 한봉운
펴낸이 노용제
펴낸곳 정은출판

주 소 100-015 서울시 중구 창경궁로1길 29 3F
전 화 02-2272-9280, 8807
팩 스 02-2277-1350
출판등록 제2-4053호(2004. 10. 27)
이메일 rossjw@hanmail.net

ISBN 978-89-5824-386-1 (03810)
값 11,000원